A ÁRVORE
que dava
SORVETE

Para Robby, Lucas e Marina.

Sérgio Capparelli

A ÁRVORE
que dava
SORVETE

Ilustrações
Bruna Assis Brasil

São Paulo
2025

© Sérgio Capparelli, 2024

2ª Edição, Global Editora, São Paulo 2025

Jefferson L. Alves – diretor editorial
Flávio Samuel – gerente de produção
Juliana Campoi – coordenadora editorial
Jefferson Campos – analista de produção
Bruna Assis Brasil – ilustrações
Marina Itano – projeto gráfico
Equipe Global Editora – produção editorial e gráfica

Dados Internacionais de Catalogação na Publicação (CIP)
(Câmara Brasileira do Livro, SP, Brasil)

Capparelli, Sérgio
    A árvore que dava sorvete / Sérgio Capparelli ; ilustrações
Bruna Assis Brasil. – 2. ed. – São Paulo : Global Editora, 2025.

    ISBN 978-65-5612-763-7

    1. Poesia – Literatura infantojuvenil I. Brasil, Bruna Assis.
II. Título.

25-271053   CDD-028.5

Índices para catálogo sistemático:

1. Poesia : Literatura infantil   028.5
2. Poesia : Literatura infantojuvenil 028.5

Eliete Marques da Silva – Bibliotecária – CRB-8/9380

Obra atualizada conforme o
NOVO ACORDO ORTOGRÁFICO DA LÍNGUA PORTUGUESA

Global Editora e Distribuidora Ltda.
Rua Pirapitingui, 111 – Liberdade
CEP 01508-020 – São Paulo – SP
Tel.: (11) 3277-7999
e-mail: global@globaleditora.com.br

🅖 grupoeditorialglobal.com.br   📷 @globaleditora

💬 blog.grupoeditorialglobal.com.br   in /globaleditora

f /globaleditora   ♪ @globaleditora

▶ /globaleditora   𝕏 @globaleditora

Nº de Catálogo: **4787**

SUMÁRIO

A ÁRVORE QUE DAVA SORVETE

NO POLO NORTE
TEM ÁRVORE
QUE DÁ SORVETE.

DE MORANGO
PARA AS FILHAS
DO CALANGO.

DE CHOCOLATE
PARA O CACHORRO
DO ALFAIATE.

DE GROSELHA
PARA A GATA
DA ADÉLIA.

E DE UVA
PARA A FILHA
DA VIÚVA.

NO POLO NORTE
TEM ÁRVORE
QUE DÁ SORVETE.

ACREDITA?

O TIGRE E O TRIGO

O TRIGO ONDULA COMO O TIGRE ERIÇA O PELO O TRIGO ONDULA COMO O TIGRE ERIÇA O PELO O TRIGO ONDULA COMO O TIGRE ERIÇA O PELO O TRIGO ONDULA COMO O TIGRE ERIÇA O PELO O TRIGO ONDULA COMO O TIGRE ERIÇA O PELO O TRIGO ONDULA COMO O TIGRE ERIÇA O PELO O TRIGO ONDULA COMO O TIGRE ERIÇA O PELO O TRIGO ONDULA COMO O TIGRE ERIÇA O PELO O TRIGO ONDULA COMO O TIGRE ERIÇA O PELO O TRIGO ONDULA COMO O TIGRE ERIÇA O PELO

O PORCO

TODO PORCO TEM
CORPO DE PORCO.

PORQUE, PORCO,
SÓ TEM PORCO.

PORCO MESMO,
TEM UM POUCO

SEM TER CORPO
NÃO TEM PORCO

PORCO A PORCO
E CORPO A CORPO.

LONGE DE CASA

O CARAMUJO
NUNCA VIVE
LONGE DE CASA.

BEM NA PORTA,
OU NA SALA
POUCO IMPORTA.

ENGANO SEU
PENSAR QUE ELE
ESTÁ PARADO.

PELAS RUAS
PELOS CAMPOS
ELE VIAJA.

E, SE VIAJA,
BEM NAS COSTAS,
LEVA A CASA.

NÃO TEM NADA

A BROMÉLIA
FOI DORMIR
ADOENTADA.

ESTÁ TRISTE.
ESTÁ FRIA.
QUE COITADA!

A CAVALO,
VEM O VENTO
— É MADRUGADA —

— NÃO TEM NADA!
— NÃO TEM NADA!
— NÃO TEM NADA!

— A BROMÉLIA
SÓ ESTÁ
APAIXONADA.

CANÇÃO PARA NINAR DROMEDÁRIO

DROME, DROME
DROMEDÁRIO

AS AREIAS
DO DESERTO
SENTEM SONO,
ESTOU CERTO.

DROME, DROME
DROMEDÁRIO

FECHA OS OLHOS
O BEDUÍNO,
FECHA OS OLHOS,
ESTÁ DORMINDO.

DROME, DROME
DROMEDÁRIO

O FRIO DA NOITE
FOI-SE EMBORA,
FECHA OS OLHOS,
DORME AGORA.

DROME, DROME
DROMEDÁRIO

DORME, DORME,
A PALMEIRA,
DORME, DORME,
A NOITE INTEIRA.

DROME, DROME
DROMEDÁRIO

FOI-SE EMBORA
O CANSAÇO
E VOCÊ DORME
NO MEU BRAÇO.

DROME, DROME
DROMEDÁRIO

DROME, DROME
DROMEDÁRIO

DROME, DROME
DROMEDÁRIO

ESQUISITICES

EM JATAÍ
É PROIBIDO FAZER XIXI.

EM COTIPORÃ
É PROIBIDO SE CASAR COM RÃ.

EM JABOTICABAL
É PROIBIDO COMIDA COM SAL.

EM SALVADOR
É PROIBIDO SENTIR DOR.

EM SÃO EXPEDITO
É PROIBIDO COMER MOSQUITO.

EM GUARABOBÔ
É PROIBIDO FAZER COCÔ.

EM GUAXUPÉ
É PROIBIDO CHEIRAR CHULÉ.

EM AQUIDAUIR
É PROIBIDO PROIBIR.

AQUIDA

TODA VEZ QUE TE ENCONTRO

TODA VEZ QUE TE ENCONTRO
GIRO, GIRO, GIRO, FICO TONTO

O GUARDA-CHUVA

UMA NUVEM MUITO CURVA COM JEITO DE GUARDA-CHUVA

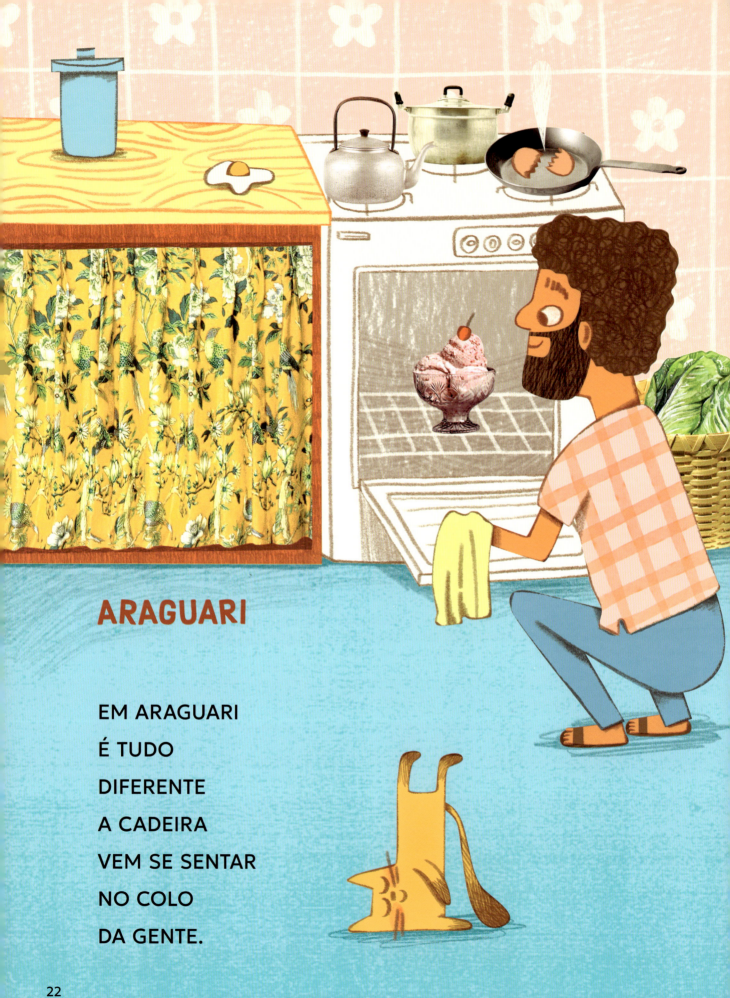

ARAGUARI

EM ARAGUARI
É TUDO
DIFERENTE
A CADEIRA
VEM SE SENTAR
NO COLO
DA GENTE.

OS MENINOS MORCEGOS

OS MENINOS
DA VILA SOSSEGO
VIRARAM MORCEGO.

PERNAS PARA CIMA
CABEÇAS PARA O AR.

PERNAS PARA CIMA
CABEÇAS PARA O AR.

OS MENINOS
DA VILA SOSSEGO
VIRARAM MORCEGO.

PASSA UM MOSQUITO
INHAC
OUTRO MOSQUITO,
INHAC

FINGEM QUE DORMEM
ESTÃO ACESOS.

SE PENSA QUE PASSA,
MELHOR NÃO PASSAR

INHAC, INHAC.

OS VALOS

OS VALOS
COMO CAVÁ-LOS?

(HÁ CAVALOS
A ESCAVÁ-LOS.)

MAS A CAVALO,
COMO CAVÁ-LOS?

MEU PAI

MEU PAI É FORTE,
FORTE, TÃO FORTE
QUE ARRASTA O POLO SUL
E AMARRA NO POLO NORTE.

DE VOLTA

ONDE ESTÁ
A MESA FARTA
QUE HAVIA
NESTA CASA?

ONDE ESTÁ
O RISO DE FESTA
QUE SE OUVIA
PELA SALA?

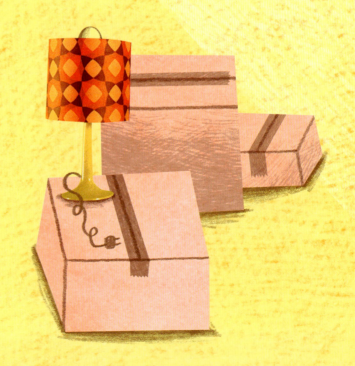

ONDE ESTÁ
O ODOR DE ROSA
QUE EXALAVA
PELAS FRESTAS?

ONDE ESTÁ
O CANTO ALEGRE
QUE ENTRAVA
PELA JANELA?

EU QUERO AGORA:
A MESA FARTA,
O CANTO ALEGRE,
O RISO DE FESTA,
O ODOR DE ROSA.

EU QUERO TUDO
QUE HAVIA
NESTA CASA.

AVENCAS NO NEVOEIRO

HÁ LAGOS
QUE SÃO SERENOS
LUA
NA PRIMAVERA

HÁ LAGOS
QUE SÃO REVOLTOS
DÁLIAS
NA NOITE ESCURA

HÁ LAGOS
QUE SÃO PROFUNDOS
ROSAS
PERFUMADAS

HÁ LAGOS
ENAMORADOS
JASMINS
DE MADRUGADA

HÁ LAGOS
QUE SÃO SOZINHOS
AVENCAS
NO NEVOEIRO.

A CHUVA ESTÁ CHORANDO

A CHUVA
ESTÁ CHEGANDO
ESTÁ CHEGANDO

A PANELA
ESTÁ FERVENDO
ESTÁ FERVENDO

A MINHA PERNA
ESTÁ DOENDO
ESTÁ DOENDO

AS LARANJEIRAS
ESTÃO FLORINDO
ESTÃO FLORINDO

O BEM-TE-VI
ESTÁ VOANDO
ESTÁ VOANDO

A MENINA
ESTÁ CHORANDO
ESTÁ CHORANDO

A MINHA PERNA
ESTÁ VOANDO
ESTÁ VOANDO

A PANELA
ESTÁ FLORINDO
ESTÁ FLORINDO

A MENINA
ESTÁ FERVENDO
ESTÁ FERVENDO

O BEM-TE-VI
ESTÁ DOENDO
ESTÁ DOENDO

AS LARANJEIRAS
ESTÃO CHEGANDO
ESTÃO CHEGANDO

E A CHUVA
ESTÁ CHORANDO
ESTÁ CHORANDO

BALEIA USA SAIA?

BALEIA USA SAIA?

SAIA? QUE NADA!

MAS, SE USAR, EU QUERO SAIA RODADA.

BALEIA USA SAIA?

QUE PERGUNTA!

MAS, SE USAR, EU QUERO UMA SAIA CURTA.

BALEIA USA SAIA?

NÃO SEI, NÃO.

MAS, SE USAR, EU QUERO SAIA-BALÃO.

BALEIA USA SAIA?

ACHO QUE USA.

E SE USA, EU QUERO SAIA E BLUSA.

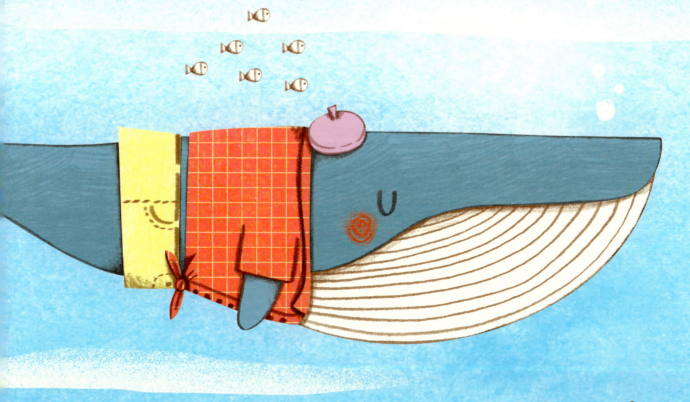

Mahani Siqueira

BRUNA ASSIS BRASIL

Nasceu em Curitiba, Paraná, em 1986 e, desde pequenininha, sempre amou desenhar. Criava seus próprios livros que lia, muito animada, para seus bichinhos e bonecas. Anos mais tarde, já crescida, depois de terminar as faculdades de Design Gráfico e Comunicação Social – Jornalismo, ela foi a Barcelona, na Espanha, transformar a paixão em profissão. Descobriu que aqueles pequenos livros que criava quando criança poderiam fazer parte da sua vida. Em Barcelona, estudou Ilustração Criativa na EINA – Centre Universitari di Disseny i Art.

Desde então, passa seus dias ilustrando obras incríveis. Já são dezenas de livros publicados, muitos deles premiados.

Quer conhecer outros livros ilustrados por Bruna? Faça uma visita no seu Instagram @brunaassisbrasil. Ela vai adorar te ver por lá também!

Maria Alice Pimenta

SÉRGIO CAPPARELLI

Nasceu em Uberlândia, Minas Gerais. Sua produção literária, em prosa e verso, ganhou muitos prêmios, sendo quatro Jabutis, por *Vovô fugiu de casa*, *As meninas da praça da Alfândega*, *Duelo do Batman contra a MTV* e *Televisão e capitalismo no Brasil*. Em 2017, *ABC dos abraços* recebeu a Seleção Cátedra 10, da Cátedra Unesco de Leitura PUC-Rio.

Entrou na lista de honra do IBBY (International Board on Books for Young People), a mais importante instituição internacional do livro infantil, com *O velho que trazia a noite*, publicado pela Global Editora, e *A lua dentro do coco*.